국어나라 체언도시

❶ 명사, 내 이름을 찾아 줘!

국어나라 체언도시

진정 글 · 박종호 그림

① 명사, 내 이름을 찾아 줘!

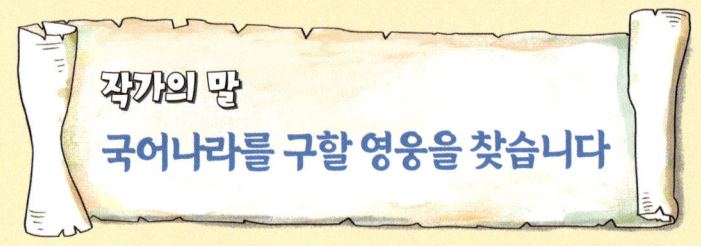

작가의 말
국어나라를 구할 영웅을 찾습니다

국어나라가 위기에 빠졌어요.

국어나라는 우리말 요정들이 사는 나라예요. 말 요정들은 아이들의 국어 지식을 먹고 살아요. 그런데 갈수록 아이들이 국어를 어려워하면서 말 요정들의 힘이 약해져 버리고 말았어요.

오늘 친구와 어떤 말을 나누었나요? 바르고 고운 우리말 대신 아무렇게나 줄인 줄임말이나 외국어를 생각 없이 쓰지는 않았나요? 비속어나 욕설은요?

이런 말들이 우리의 국어 지식을 약하게 하고, 멋진 대화를 할 수 없게 만들어요. 내 마음과 생각을 잘 정리해서 친구에게 전하려면 바른 국어 지식이 필요해요.

공부를 잘하고 싶나요?

수학 문제를 풀 때도 과학 문제를 풀 때도 이야기를 이해하는 힘이 필요하지요. 국어 지식을 탄탄하게 쌓아야 수학과 과학 문제를 잘 풀고 공부도 잘할 수 있어요.

이 책을 읽으며 주인공인 산이, 달리와 함께 말 요정들에게 닥친 어려움을 하나씩 해결해 보세요. 그러면 어느새 국어 지식이 훌쩍 자라 있을 거예요.

국어나라는 여러분의 국어 지식으로 구할 수 있다는 걸 꼭 기억하세요! 그럼, 이제 국어나라 체언도시 명사마을로 우리 모두 함께 출발!

2025년 봄
진정

등장인물

산이

열 살 남자아이. 할머니와 살고 있으며, 할머니가 들려주시는 옛이야기와 책을 좋아해요. 또래보다 몸집이 조금 작고 동물을 사랑해요.

달리

열 살 여자아이. 체육 시간을 좋아하고 도전을 즐기는 씩씩한 아이예요. 국어 시험에서 백 점을 받을 정도로 국어도 잘해요.

랑이

백호(흰 호랑이). 명사마을을 지키는 신령스러운 동물, 신수예요. 말 요정들이 보내 주는 힘을 먹이로 삼아 살아요.

말 요정들

국어나라 백성들. 아이들의 국어 지식을 먹고 살아요.

검은 안개와 괴물들

말 요정들의 힘이 약해진 틈을 노려 국어나라를 없애려고 마왕이 보낸 부하들. 검은 안개와 괴물들은 늘 함께 나타나요.

차례

작가의 말 … 4
등장인물 … 6

여는 글	검은 안개의 침공 … 10
1장	국어를 좋아하십니까? … 14 어휘 창고
2장	신수, 랑이 … 21 어휘 창고
3장	국어나라의 지도 … 30 국어 지식 창고
4장	내 이름을 찾아 줘! … 42 어휘 창고

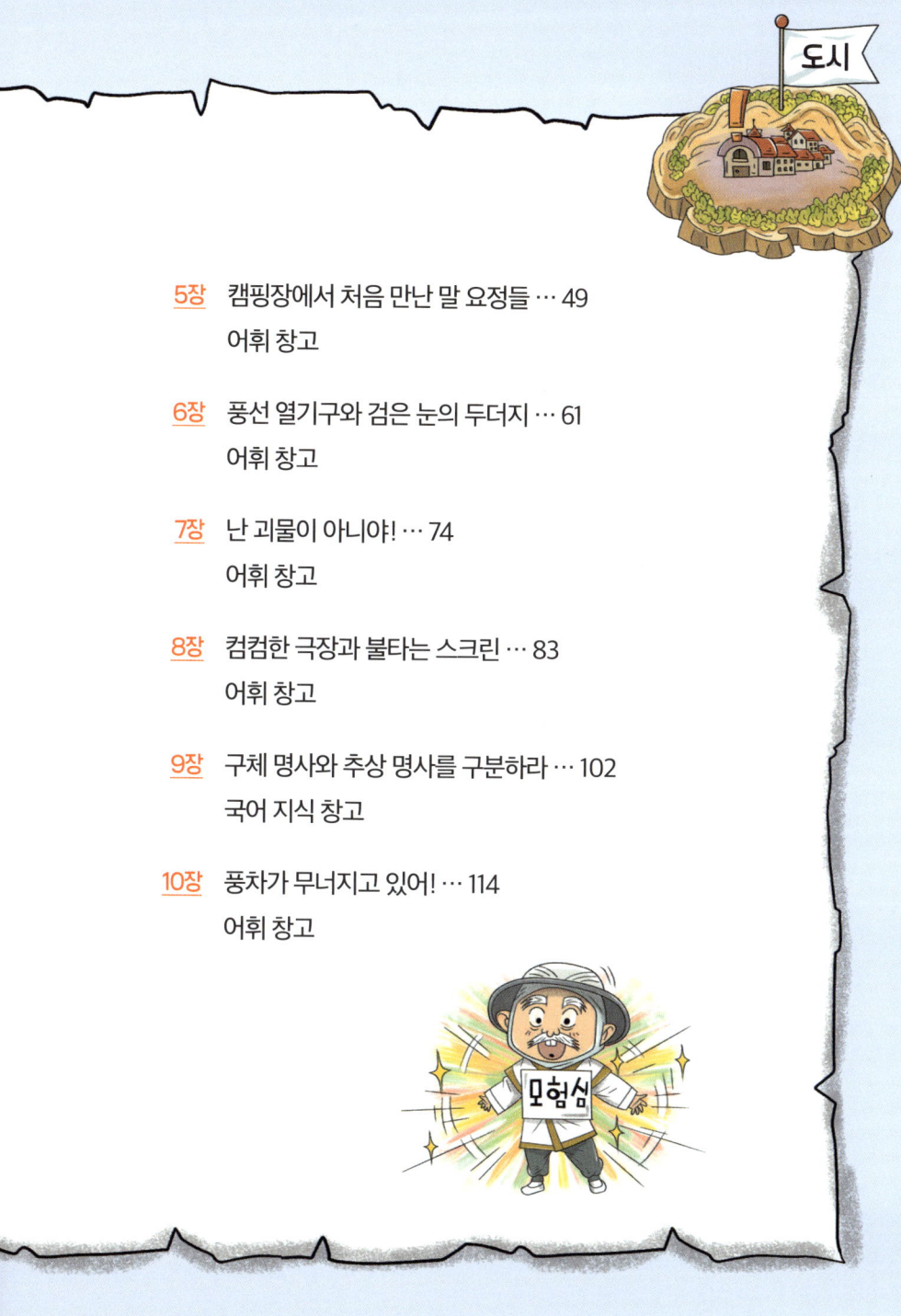

- **5장** 캠핑장에서 처음 만난 말 요정들 … 49
  어휘 창고

- **6장** 풍선 열기구와 검은 눈의 두더지 … 61
  어휘 창고

- **7장** 난 괴물이 아니야! … 74
  어휘 창고

- **8장** 컴컴한 극장과 불타는 스크린 … 83
  어휘 창고

- **9장** 구체 명사와 추상 명사를 구분하라 … 102
  국어 지식 창고

- **10장** 풍차가 무너지고 있어! … 114
  어휘 창고

여는 글
검은 안개의 침공

여기는 말 요정들이 사는 평화로운 국어나라 체언도시. 말 요정들은 아이들의 바른 국어 지식과 예쁘고 고운 말을 먹고 하루하루 즐겁고 행복하게 살아갔다.

그런데 어느 날, 국어나라 체언도시의 하늘에 작은 구멍이 생겼다. 처음에는 그 구멍이 너무 작아 요정들이 알아차리지 못했다. 시간이 지날수록 구멍은 점점 커지더니 검은빛을 내뿜기 시작했다. 그제야 요정들은 하늘을 올려다보며 웅성거렸다.

"저건 뭐지?"

"온통 검은빛이야!"

요정들은 하늘의 구멍을 발견하고는 고개를 갸웃거렸다.

그때 갑자기 하늘에서 '쏴아아!' 소리가 나더니 검은 안개가 쏟아졌다. 곧 '쿵! 쾅!' 요란한 소리가 이어지고 괴물들이 밀려오기 시작했다.

"으아아, 도망쳐!"

누군가 외쳤다. 요정들은 검은 안개와 괴물들을 피해 있는 힘껏 뛰었다. 그러나 그들이 더 빨랐다.

검은 안개는 순식간에 체언도시를 가득 채웠다. 괴물들은 아름다운 명사마을을 파괴하고 요정들을 해치며 도시 곳곳으로 퍼져 나갔다.

명사 요정들은 저마다 가슴에 달고 있던 이름표의 글자 조각들을 잃어버렸다. 검은 안개와 괴물들은 명사 요정들이 잃어버린 글자 조각들을 마구 먹고 힘이 더욱 강해졌다.

'콰직!'

어느 마을에서는 검은 안개가 거대한 벽이 되어 솟아올랐다. 벽은 요정들을 가두고, 도시는 점점 숨 막히는 감옥이 되어 갔다. 자유롭게 뛰놀던 요정들은 갈 곳을 잃고 두려움에 떨었다. 친구들과 떨어져 홀로 남은 요정들도 많았다.

검은 안개 속에서 넘어진 요정, 숨을 곳을 찾아 헤매는 요정, 높은 지붕 위로 올라가 몸을 숨긴 요정, 기둥 뒤에서 떨며 눈물을 흘리는 요정, 서로의 손을 꼭 붙잡고 흐느끼는 요정. 이들은 모두 한마음으로 빌었다.

'신수님들, 우리를 구해 주세요!'

1장
국어를 좋아하십니까?

'팔랑'

수업을 마치고 교문을 나서는 아이들의 발밑에 종이 한 장이 떨어졌다.

'국어나라를 구하시겠습니까?'

아이들은 대부분 종이를 무시하고 제 갈 길을 갔다.

"뭐야, 이게?"

"국어 학원 홍보지인가 봐."

"학원 차 기다려. 빨리 가자."

달리와 함께 집에 가던 산이 앞에도 종이가 떨어졌다. 산이는 곧바로 멈춰 섰다.

"달리야, 이것 봐. 국어나라를 구하겠냐고 묻는데?"

"국어나라? 국어나라를 구해야 한다면…… 음, 국어나라가 위험에 빠졌다는 뜻인가? 근데 국어나라가 어디야?"

그때 '팔랑', 종이 한 장이 또 떨어졌다.

달리가 종이를 집으려는 순간, 바람이 불어 종이가 저만치 날아갔다. 산이와 달리는 서둘러 뛰어가 종이를 집었다.

'당신은 국어를 좋아하십니까?'

종이에는 이렇게 쓰여 있었다.

"국어를 좋아하냐고?"

"음, 스무고개인가?"

산이는 잠시 고민하더니 말했다.

"나는 할머니랑만 살아서 그런지, 할머니가 들려주시는 옛이야기와 책을 좋아해. 끝말잇기도 잘하고 맞춤법도 자신 있지. 그렇다면 국어를 좋아하는 거겠지? 달리 넌?"

달리는 1초도 안 돼 바로 대답했다.

"글쎄, 나는 체육 시간이 가장 재미있어. 그래도 국어가 싫지는 않아. 시험을 치면 백 점을 맞기도 해!"

또다시 종이가 떨어지더니 곧바로 바람에 팔랑거리며 날아갔다. 산이와 달리는 종이를 따라 달렸다. 종이는 한참을 날아가더니 담벼락 아래 놓인 상자 위로 떨어졌다.

'꿈틀'

상자가 움직였다.

"어? 상자 안에 뭐가 있나 봐."

산이와 달리가 조심스레 상자에 다가갔다.

발소리를 죽이고 상자에 손을 대려는 순간, '뿅' 하고 작은 머리 하나가 튀어나왔다.

"와아, 고양이야!"

"오, 하얀 고양이잖아!"

산이와 달리는 동시에 소리쳤다.

고양이라는 말에 '그것'의 이마가 살짝 찌푸려졌다. 하지만 산이와 달리는 보지 못했다.

"너무 작은데? 아기 고양이인가 봐."

산이가 중얼거렸다.

산이는 또래보다 몸집이 작은 편이었다. 그래서 아침마다 키를 재고, 밥도 열심히 먹었다. 지금 눈앞의 작은 고양이를 보니 왠지 자신과 닮았다는 생각이 들었다.

달리가 소리쳤다.

"산아, 목에 작은 주머니가 있어! 주인이 있는 거 아닐까?"

"그러네. 여기 두면 위험하니까 일단 우리 집으로 데려가자. 그리고 전단을 만들어 주인을 찾아 주자."

하얀 동물은 아이들을 보며 생각했다.

'바로 이 아이들이야, 국어나라를 구해 줄 영웅은!'

 그날 밤, 잠든 산이의 머리맡에 환한 빛이 피어올랐다. 산이는 눈이 부셔 잠에서 깼다.

'아니, 저건! 낮에 본 하얀 고양이잖아!'

비몽사몽이던 산이는 놀라 이불을 걷어차며 벌떡 일어났다. 낮에 본 작은 고양이가 공중에 둥둥 떠 있다니, 꿈을 꾸고 있는 듯했다. 하얀 동물이 산이의 무릎 위로 내려앉았다. 그러더니 팔짱을 낀 채 볼멘소리로 말했다.

"뭐, 고양이? 이 몸은 위대한 백호, 랑이 님이시다."

산이는 눈을 동그랗게 떴다.

"백호? 백호가 뭐야?"

랑이는 답답하다는 듯 한숨을 쉬고는, 마치 선생님처럼 또박또박 설명했다.

"아휴, 백호를 모르다니. '백(白)'은 흰색, '호(虎)'는 호랑이. 그러니까 흰 호랑이라는 뜻이다. 한반도의 정기를 품고 태어난 신령한 호랑이란 말이지. 사정이 있어서 지금은 아기 호랑이 모습이지만……."

산이는 위대한 호랑이가 아기 모습인 이유가 궁금해졌다.

"왜 아기 호랑이 모습인데?"

잠시 고개를 떨구고 있던 랑이가 고개를 들어 산이를 보며 말했다.

"어지러워진 국어나라를 구해 줘. 국어나라를 구하면 내가 원래 모습으로 돌아갈 수 있어."

산이는 '국어나라'라는 말을 듣자 낮에 봤던 종이가 떠올랐다.

"국어나라는 어디야? 그런 곳이 정말 있다고?"

랑이는 산이에게 위기에 빠진 국어나라의 상황을 차근차근 들려주었다.

어휘 창고

- **조각** 어떤 물체에서 떨어져 나온 작은 부분을 말해요.
- **비몽사몽(非夢似夢)** 완전히 잠이 들지도 잠에서 깨어나지도 않은 어렴풋한 상태를 말해요.
- **백호(白虎)** 흰 호랑이예요.
- **정기(精氣)** 국가나 민족의 정신과 기운이라는 뜻이에요.

신수, 랑이

랑이는 국어나라를 지키는 신수였다. '신수(神獸)'란 신령스러운 짐승을 뜻하는 말로, 랑이는 체언도시 명사마을 북쪽에 있는 오봉산 동굴에서 살았다.

국어나라는 아이들의 바르고 고운 말을 먹고 사는 말 요정들의 따뜻한 마음으로 가득했다. 신수는 말 요정들의 따뜻한 마음을 먹고 살며 힘을 키웠다. 그곳에서 랑이는 누구보다 강한 힘을 지닌 신수였다.

그런데 어느 날, 검은 안개가 체언도시를 습격했다. 검은

안개는 아름다운 명사 광장도 집들도 모두 엉망으로 만들어 버렸다. 검은 안개가 몰고 온 괴물들도 바르고 고운 우리말을 파괴하며 요정들의 힘을 앗아 갔다. 이제 요정들에게는 이름의 첫 자음자들만 겨우 남았다.

　랑이는 검은 안개와 괴물들을 막아 내려고 안간힘을 썼지만, 나날이 강해지는 그들의 힘을 막을 수가 없었다. 그러다 기운이 빠진 랑이는 급기야 아기 호랑이 모습이 되어 버렸다.

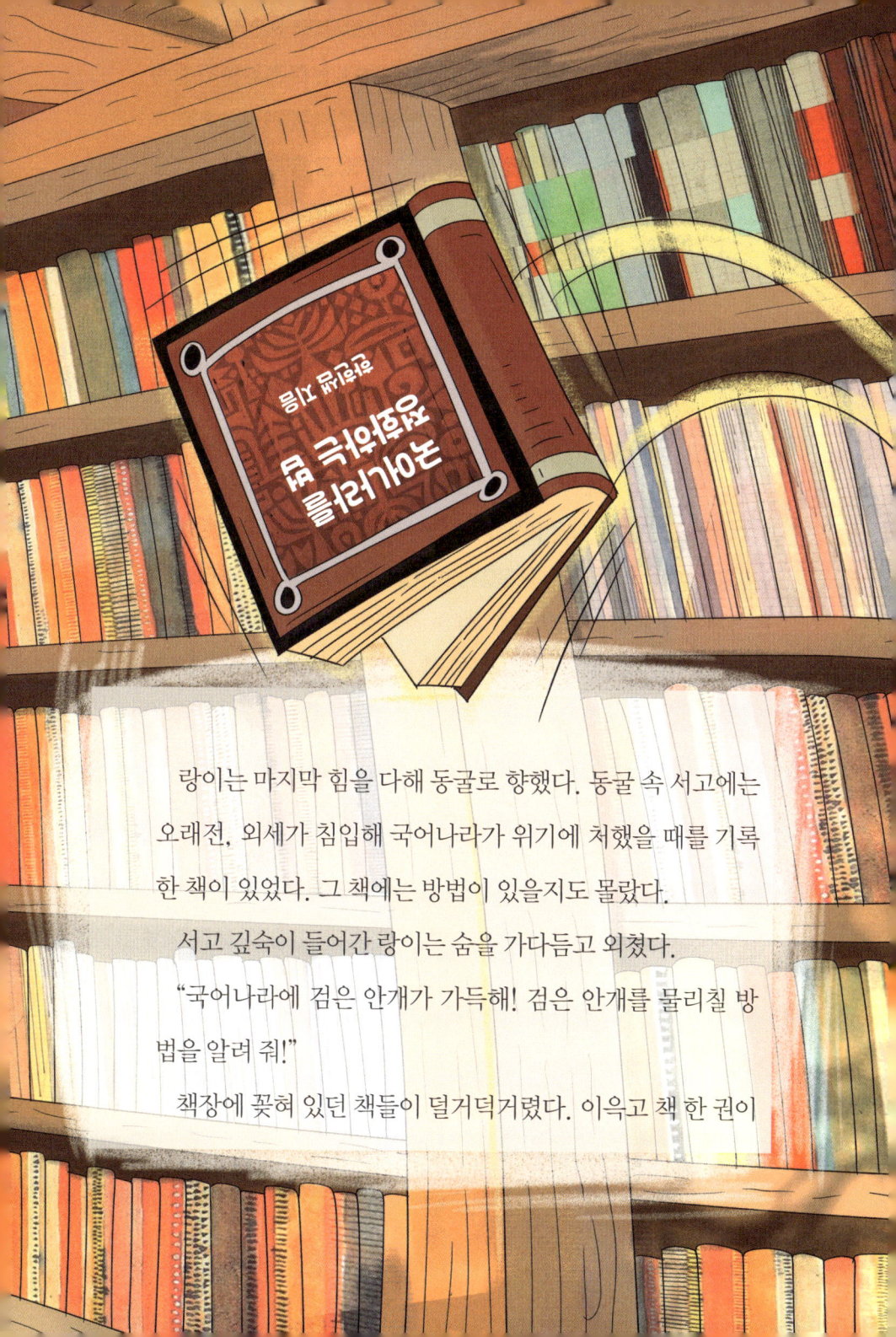

랑이는 마지막 힘을 다해 동굴로 향했다. 동굴 속 서고에는 오래전, 외세가 침입해 국어나라가 위기에 처했을 때를 기록한 책이 있었다. 그 책에는 방법이 있을지도 몰랐다.

서고 깊숙이 들어간 랑이는 숨을 가다듬고 외쳤다.

"국어나라에 검은 안개가 가득해! 검은 안개를 물리칠 방법을 알려 줘!"

책장에 꽂혀 있던 책들이 덜거덕거렸다. 이윽고 책 한 권이

톡 튀어나와 랑이의 앞발에 내려앉았다. 표지에 제목과 지은이가 또렷이 쓰여 있었다.

《국어나라를 정화하는 법》, 한힌샘 지음

랑이는 책을 펼쳤다. 곧바로 책에서 환한 빛이 뿜어져 나와 공중에 글자를 새겼다.

국어나라를 구하고 싶은가요?
그렇다면 국어를 좋아하는 친구를 데리고 오세요.

랑이는 국어나라를 구해 줄 친구를 찾아 헤맸다. 그리고 마침내 산이와 달리를 만나게 되었다.

랑이는 시간이 없다며 산이를 재촉했다.

"이제 달리에게 가자. 더 자세한 얘기는 그때 해 줄게!"

랑이의 말에 산이는 얼른 옷을 갈아입었다. 야구 모자를 머리에 눌러쓰고 손수건과 휴대폰, 필통과 수첩을 챙겨 넣은 작은 가방을 멨다.

산이가 준비를 마치고 문을 열려고 하자, 랑이가 산이의 후드 티를 살짝 잡아당겼다.

"문으로 안 나가도 돼."

랑이는 공중에 문 모양을 그리며 말했다.

"네 몸에 맞춰 크게 그리려니 시간이 좀 걸리네, 잠시만. 응 차, 다 그렸다. 내 발 꽉 잡아."

산이는 랑이의 발을 잡았다. 그 순간 랑이가 그린 문이 스르르 열리더니 몸이 쏙 빨려 들어갔다. 푸르스름한 색으로 둘러싸인 허공이었다. 산이는 깜짝 놀라 소리쳤다.

"으아악!"

"괜찮아, 산아! 여기는 어느 시공간으로든 연결되는 통로

야. 내 발만 꽉 잡고 있어!"

그래도 산이는 겁이 나 심장이 쿵쾅쿵쾅 요란하게 뛰었다. "으아아, 우어어~", 알 수 없는 이상한 소리가 입 밖으로 마구 튀어나왔다.

랑이는 허공에 다시 문을 그리고 말했다.

"짜잔, 다 왔어."

어느새 둘은 달리가 잠든 침대 옆에 와 있었다. 산이는 랑이가 새삼 신기했다. 시공간을 넘나드는 멋진 능력을 갖고 있다니! 랑이가 대단해 보였다.

랑이는 '두둥' 빛을 내뿜으며 달리 주위를 맴돌았다. 산이도 조용히 달리의 이름을 불렀다.

"달리야, 달리야."

달리는 몸을 뒤척이더니 눈을 반쯤 뜨고 웅얼거렸다.

"우움…… 누구…… 어?"

산이와 하얀 동물을 보고 깜짝 놀라며 일어나 앉았다.

"산이하고…… 고양이잖아? 꿈인가?"

"달리야, 고양이가 아니라 국어나라를 지키는 신수 백호야. 이름은 랑이."

산이의 말이 끝나자마자 랑이는 팔짱을 끼고 발로 바닥을 탁탁 쳤다.

"꿈이 아니라니까! 산아, 얼른 달리의 뺨을 꼬집어."

산이가 손을 들자, 달리는 재빨리 자기 볼을 꼬집었다.

"아야, 진짜 아프네."

달리는 그제야 완전히 잠에서 깼다. 랑이는 둘에게 위기에 처한 국어나라 이야기를 더욱 자세히 해 주었다.

랑이의 말이 끝나자마자 달리는 고민할 틈도 없이 곧바로

작은 가방을 챙겼다. 가방 안에는 휴대폰, 연필과 수첩, 상처 치료용 연고와 밴드를 넣었다. 종이돈과 동전 몇 개까지.

"준비 완료!"

그 말과 동시에 랑이는 허공에 손을 뻗어 문을 그렸다. 산이는 한 손으로는 달리의 손을 꼭 잡고, 다른 손으로는 랑이의 발을 잡았다. 다시 허공으로 들어가는 건 무서웠지만, 달리 손을 잡으니 그래도 괜찮았다.

문이 열리고 셋은 바로 허공으로 빨려 들어갔다.

- **광장** 많은 사람이 모일 수 있는 넓은 장소예요.
- **외세** 외국의 힘이나 세력을 말해요.
- **서고(書庫)** 책을 보관하는 집이나 방이에요.
- **정화** 더러운 것을 깨끗하게 만드는 것을 말해요.
- **한힌샘** 독립운동가이자 국어학자인 주시경 선생님의 호로, '크고 흰 샘'이라는 뜻이에요.
- **허공** 텅 빈 공중을 말해요.

◉ 랑이를 따라 국어나라로 간다면, 가방 속에 넣어 가고 싶은 물건 다섯 가지를 어휘 주머니에 써 보세요.

3장
국어나라의 지도

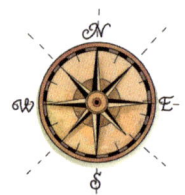

"잠깐!"

랑이가 갑자기 멈추며 소리쳤다. 깜짝 놀란 산이와 달리는 랑이를 놓쳤는데도 떨어지지 않고 둥둥 떴다.

산이는 허공에 떠 있어도 이제 무섭지 않았다. 달리도 조심스럽게 몸을 움직이며 주위를 살폈다.

"국어나라는 지금 검은 안개에 휩싸여 서로 얼굴도 볼 수 없어. 그러니 여기서 국어나라를 설명해 줄게."

랑이는 목에 걸고 있던 작은 주머니를 열어

지도를 꺼내 펼쳤다.

"우리가 구하러 가는 국어나라의 지도야."

국어나라의 모습이 한눈에 쏙 들어왔다. 랑이가 한 곳을 가리키며 말했다.

"이 지도를 잘 봐. 내가 사는 곳은 바로 여기, 품사 땅이야."

"품사가 뭐야?"

산이가 물었다.

랑이는 빙긋 웃으며 알려 주었다.

"품사는 한자로 '品詞'라고 써. '품(品)'은 네모를 가지런히 쌓아 올린 모양이잖아? 그래서 기준에 따라 가지런히 놓는다는 의미를 가진 말이야. '사(詞)'는 사람이 하는 말인데, 각각을 단어라고 해. 그래서 품사는 단어를 공통된 기준으로 묶어서 나타냈다는 뜻이야."

산이는 지도를 찬찬히 살펴보다가 말했다.

"그럼 품사 땅은 단어들을 기준에 따라 나눈 땅이라는 거네?"

랑이가 만족스럽다는 듯 고개를 끄덕였다.

"똑똑한데? 맞아, 국어나라의 말 요정들은 저마다 자기 땅에 모여 살아."

달리는 지도의 선을 가리키며 물었다.

"국어나라 품사 땅은 어떻게 나뉘어? 여기 선이 그어져 있어."

"기준에 따라 나뉜다고 했잖아? 도시는 '단어의 기능', 그러니까 문장에서 하는 역할에 따라 나뉘어. 체언, 용언, 수식언, 관계언, 독립언 이렇게 다섯 개 도시로 이루어져 있어. 여기 북쪽이 체언도시의 명사마을이야. 이름을 나타내는 말들이 모여 살아. 내가 사는 동굴이 있는 곳이지."

"이름을 나타내는 말?"

산이가 고개를 갸웃하자, 랑이가 다시 설명했다.

"응. 달리야, 지금 네 가방 안에 어떤 물건들이 있지?"

달리는 가방을 열어 보며 말했다.

"음, 연필이 있고, 휴대폰도 있고, 연고도 있고……."

랑이가 고개를 끄덕였다.

"그래! '연필', '연고', '휴대폰' 같은 단어들이 사물의 이름이야. 명사라고 하지. 체언도시는 세 개의 마을로 이루어져 있어. 바로 사물 등의 이름을 나타내는 명사마을, '이것', '그것'처럼 명사를 대신하는 이름인 대명사마을, '하나', '둘'과 같은 수나 순서의 이름인 수사마을이야."

산이는 지도 가운데를 가리키며 말했다.

"여기 가운데에는 용언도시라고 적혀 있어."

랑이가 고개를 끄덕였다.

"용언도시는 국어나라의 중심에 있고 가장 커. 용언에는 국어 문장에서 서술어로 쓰이는 동사와 형용사가 있어."

"동사와 형용사?"

"동사는 '앉다', '먹다', '달리다'처럼 움직임을 나타내는 말이야. 형용사는 '귀엽다', '예쁘다'처럼 상태나 성질을 나타내는 말이고."

달리가 지도를 살펴보며 말했다.

"아, 용언도시는 그런 동사와 형용사 요정들의 마을이구나!"

랑이는 다시 한번 흐뭇한 미소를 지었다.

"으응. 여기 수식언도시에는 관형사마을과 부사마을이 있어. '새 신발'이라고 할 때 '새'가 명사인 '신발'을 꾸며 주잖아? 체언을 꾸며 주는 이런 말들이 모여 사는 곳이 관형사마을이야."

랑이는 산이와 달리가 열심히 듣고 있자 더 신나서 말을 이어 갔다.

"'빨리 달리다'에서 '빨리'가 동사인 '달리다'를 꾸며 주잖아? 용언을 꾸며 주는 이런 말들이 모여 사는 곳이 부사마을이야."

산이가 지도의 다른 부분을 가리켰다.

"그럼, 여기 관계언도시와 독립언도시는 어떤 마을이야?"

랑이가 고개를 끄덕였다.

"오, 좋은 질문이야! 관계언도시에는 조사마을 하나밖에 없어. '이, 가, 을, 를' 같은 말들이 사는 곳이야. 조사는 단어 뒤에 붙어 문장에서 그 말의 역할을 만들어 주거나 뜻을 더해 주지. 국어나라에 이런 마을들이 있다니 멋지지?"

"응!"

산이가 재빨리 답하자 랑이가 '풋' 웃으며 말했다.

"네가 방금 말한 '응!' 같은 응답하는 말이나 '오!'와 같이 놀람을 나타내는 말이 바로 감탄사야. 이런 말들이 모여 사는 감탄사마을은 독립언도시에 있는 유일한 마을이지."

"오!"

산이와 달리가 동시에 감탄사를 내뱉었다.

"국어나라 설명 끝. 지금 검은 안개에 싸인 곳은 체언도시야. 이 도시에 있는 명사마을과 대명사마을, 수사마을을 구해야 해. 내가 살던 명사마을로 어서 가자."

달리는 한 가지가 더 궁금해졌다.

"랑아, 그런데 국어나라에 검은 안개는 왜 몰려온 거야?"

랑이는 잠시 망설이더니 울적한 목소리로 대답했다.

"아이들 때문이야."

산이와 달리는 깜짝 놀라 랑이를 쳐다보았다.

"우리?"

랑이는 무겁게 고개를 끄덕였다.

"응. 국어나라의 말 요정들은 아이들의 국어 지식을 먹고 살아가. 그런데 요즘 아이들의 국어 지식이 점점 약해지고 있어. 그래서 말 요정들의 먹이가 조금씩 줄어들었어. 말 요정들의 체력도 허약해져 버렸고 말이야. 그 틈을 타서 검은 안개가 국어나라를 차지하려고 공격해 온 거야."

달리가 랑이에게 다시 물었다.

"그럼 검은 안개를 물리치려면 어떻게 해야 해?"

랑이는 저 멀리 희미한 빛을 보며 대답했다.

"이제 명사마을에 다 왔어. 그건 마을에 가서 알려 줄게."

셋은 검은 안개가 자욱한 체언도시로 날아갔다.

국어 지식 창고

◉ **품사(品詞)란 무엇일까요?**

품사는 단어를 기준에 따라 나누어 같은 특성을 지닌 것끼리 묶은 거예요. 품사는 보통 단어의 형태, 기능, 의미에 따라 나뉘어요.

◉ **품사의 종류를 알아봐요**

• 단어의 형태로 나눌 수 있어요.

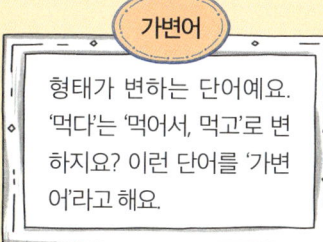

가변어: 형태가 변하는 단어예요. '먹다'는 '먹어서, 먹고'로 변하지요? 이런 단어를 '가변어'라고 해요.

불변어: 형태가 변하지 않는 단어예요. '학교', '그녀'와 같이 형태가 변하지 않는 단어를 '불변어'라고 해요.

• 단어의 기능(문장에서의 역할)과 의미로 나눌 수 있어요. 국어나라 5개 도시, 9개 마을 이름과 같아요.

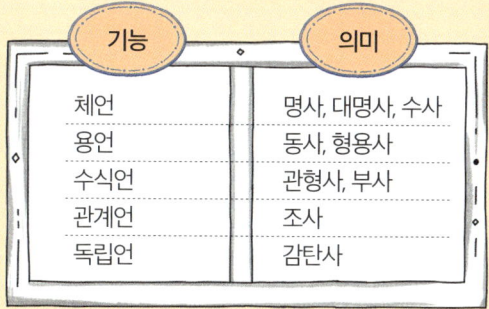

기능	의미
체언	명사, 대명사, 수사
용언	동사, 형용사
수식언	관형사, 부사
관계언	조사
독립언	감탄사

국어 지식 창고

◉ **국어나라 5개 도시 이름을 소개합니다**

체언
문장에서 여러 역할을 하는 명사, 대명사, 수사를 통틀어 말해요.

용언
문장에서 서술어 역할을 하는 동사, 형용사를 통틀어 말해요.

수식언
뒤에 오는 말을 꾸며 주는 관형사, 부사를 통틀어 말해요.

관계언
문장에 쓰인 단어들의 관계를 나타내는 기능을 하는 조사를 말해요.

독립언
독립적으로 쓰이는 감탄사를 말해요.

◉ **국어나라 9개 마을 이름을 소개합니다**

- **명사는 '이름'**
  사물의 이름을 나타내는 품사예요. '이름씨'라고도 해요.
  예) 책, 강아지, 학교, 하늘

- **대명사는 '이름 대신'**
  사람, 사물의 이름을 대신 나타내는 품사예요. '대이름씨'라고도 해요.
  예) 나, 너, 이것, 저것

- **수사는 '양, 순서'**
  수량(숫자)이나 순서를 나타내는 품사예요. '셈씨'라고도 해요.
  예) 하나, 둘, 첫째, 둘째

- **동사는 '움직임'**
  사물의 움직임을 나타내는 품사예요. '움직씨'라고도 해요.
  예) 달리다, 먹다

- **형용사는 '성질, 상태'**
  사물의 성질이나 상태를 나타내는 품사예요. '그림씨'라고도 해요.
  예) 예쁘다, 환하다

- **관형사는 '체언 꾸밈'**
  명사와 같은 체언 앞에 놓여 체언을 꾸며 주는 품사예요. '매김씨'라고도 해요.
  예) 헌 신발, 모든 사람

- **부사는 '용언 꾸밈'**
  주로 동사와 같은 용언 앞에 놓여 뜻을 분명하게 하는 품사예요. '어찌씨'라고도 해요.
  예) 빨리 달리자, 아주 좋다

- **조사는 '다른 말에 붙어'**
  단어 뒤에 붙어 문장에서 그 말의 역할을 만들어 주거나 뜻을 더해 주는 품사예요. '토씨'라고도 해요.
  예) 이, 가, 을, 를, 만

- **감탄사는 '응답, 놀람'**
  말하는 이의 느낌, 부름, 응답 등을 나타나는 품사예요. '느낌씨'라고도 해요.
  예) 응!, 어머!, 오!, 앗!

4장
내 이름을 찾아 줘!

산이와 달리, 랑이가 동시에 땅으로 떨어졌다. 사방이 온통 검은 안개로 뒤덮여 있었다. 달리가 양손을 휘저으며 말했다.

"여기가 국어나라구나. 정말 검은 안개가 심한데?"

산이는 랑이를 찾았다.

"랑아, 어디 있어? 너를 밟을까 봐 못 움직이겠어."

산이의 왼발 옆에 있던 랑이가 말했다.

"네 어깨 위로 갈게. 놀라지 마."

랑이는 산이의 등을 열심히 타고 올라가 산이의 어깨 위에 앉았다. 두 사람을 향해 랑이가 말했다.

"이 책이 너희를 여기로 불렀어. 이제부터는 너희가 해결해야 해. 나는 힘을 쓸 수가 없거든."

랑이가 목에 건 주머니에서 책 하나를 꺼내 산이에게 건넸다. 산이는 가방에서 휴대폰을 꺼내 손전등을 켜서 보았다.

책 표지에는 '《국어나라를 정화하는 법》, 한힌샘 지음'이라고 쓰여 있었다. 달리도 산이가 비추는 책을 보았다.

"이 책에 국어나라를 구할 방법이 나와 있을 거야. 어서 책을 펼쳐 보자."

달리의 말을 듣고 산이는 고개를 끄덕이며 책을 펼쳤다. 그 순간, 책에서 빛이 나와 알림창이 나타났다.

> 국어나라를 정화합니다.
> 도전하시겠습니까?
> ☐ 예   ☐ 아니요

산이와 달리는 알림창을 보고 크게 대답했다.
"예."
그러자 다시 알림창이 바뀌었다.

> 도전을 수락했습니다.
> 체언도시를 정화합니다.
> 체언도시는 명사마을, 대명사마을, 수사마을로
> 이루어져 있습니다.
> 명사마을은 직진하면 나옵니다.
> 명사마을에서 다시 책을 펼치세요.

허공에서 알림창이 사라졌다. 산이는 책을 가방에 넣었다.

셋은 검은 안개를 뚫고 앞으로 걸어갔다. 저 멀리 마을 경계로 보이는 성벽이 어렴풋하게 보였다. 성벽 가까이 다가가니 성문이 열려 있고, 문 양쪽에 거대한 풍차가 우뚝 서 있었다.

달리가 놀라 외쳤다.

"와, 풍차다! 이렇게 큰 풍차는 처음 봐."

"그런데 움직이지 않아."

산이의 말에 랑이가 울적해하며 말했다.

"원래는 씽씽 돌아갔는데, 검은 안개가 밀려온 다음부터 멈춰 버렸어."

산이는 어깨 위에 앉아 있는 랑이의 머리를 쓰다듬으며 위로해 주었다.

"랑아, 모두 원래대로 돌아갈 수 있을 거야."

"그래, 랑아. 이 누나만 믿어!"

달리가 자기 가슴을 주먹으로 탁탁 치며 말했다. 랑이는 달리의 말이 어이없었다.

"아니, 네가 왜 누나야? 내가 너보다 백 년은 더 살았거든!"

달리가 장난기 어린 표정을 지으며 말했다.

"알았어, 알았어. 그럼 누나 취소. 빨리 가자!"

달리가 성벽 가운데 열린 문 안으로 훌쩍 뛰어 들어갔다. 성 안에는 아무 소리도 들리지 않았다. 산이는 가방에서 책을 꺼내 펼쳤다. 책은 환한 빛을 허공으로 쏘았다.

> 명사마을을 정화합니다.
> 명사마을 정화는 3단계로 이루어집니다.
> 1단계에 도전하시겠습니까?
> ☐ 예 ☐ 아니요

셋은 동시에 목청 높여 외쳤다.

"예!"

> 도전을 수락했습니다.
> 마을 곳곳에 숨어 있는 스무 명사 요정의
> 이름을 찾아 주고, 이름표 스무 개를 모두 모아 오세요.

> 마을 곳곳에 위험이 도사리고 있으니 조심하세요.

 산이와 달리는 서로를 바라보았다.

"이름표를 모아야 한다고?"

 랑이가 설명했다.

"명사 요정들은 자기 이름을 소중히 여겨. 그런데 검은 안개가 몰려와 이름표의 낱말들이 조각조각 흩어지면서 초성만 남게 되었어. 이름표의 글자가 지워지면 요정들의 힘도 약해져."

 달리가 고개를 끄덕이며 물었다.

"그럼 요정들은 어디서 찾을 수 있어?"

 랑이가 앞발로 한 곳을 가리켰다.

"말 요정들은 푸른 숲이 우거진 캠핑장을 좋아해. 검은 안개가 퍼지기 전까지 요정들이 가장 많이 모였던 곳이지. 먼저 캠핑장으로 가 보자!"

- **사방** 동서남북의 주위 일대를 말해요.
- **수락하다** 요구를 받아들이는 것을 말해요.
- **어렴풋하다** 물체가 뚜렷하게 보이지 않고 흐릿하다는 뜻이에요.
- **직진(直進)** 곧게 나아가는 것을 말해요.
- **울적하다** 마음이 답답하고 쓸쓸한 것을 말해요.
- **조각조각** 여러 조각으로 갈라지거나 깨진 모양을 말해요.
- **우거지다** 풀, 나무 등이 자라서 무성해지는 것을 말해요.

◉ 이름표를 소중하게 여기는 말 요정들처럼, 내가 소중하게 여기는 다섯 가지를 어휘 주머니에 써 보세요.

캠핑장에서 처음 만난 말 요정들

산이와 달리, 랑이는 캠핑장으로 빨리 걸어갔다. 길을 가며 본 명사마을의 모습은 처참했다. 길가 풀꽃들은 시들시들했고, 나무들도 앙상한 나뭇가지만 남았다. 명사마을은 완전히 생기를 잃은 모습이었다.

"빨리 가 보자. 요정들이 괜찮아야 할 텐데."

랑이의 말에 산이와 달리의 발걸음은 더욱 빨라졌다.

캠핑장 입구에 도착해서 보니, 이곳도 마을처럼 텅 빈 듯 고요했다.

'휘이잉'. 스산한 바람 소리만 스쳐 지나갔다.
달리는 양손을 입 주위에 갖다 대며 크게 외쳤다.
"저기요! 아무도 없어요? 누가 있으면 좀 나와 보세요!"
달리의 목소리가 캠핑장 주위의 나무 기둥에 부딪쳐 메아리가 되어 돌아왔다.

　그때였다. 숲 가운데 놓여 있던 텐트의 문이 스르륵 열렸다. 세 명사 요정이 나타났다. 머리도 몸도 동글동글해서 귀여운 아기 판다 같았다. 가슴엔 초성만 남은 이름표를 달고 있었다. 요정들은 랑이를 보자 눈을 커다랗게 뜨고는 뛰어왔다.

"랑이 님!"

"정말 랑이 님이야!"

요정들은 랑이를 둘러싸고는 울음을 터뜨렸다.

"랑이 님, 우리 이름을 잃어버렸어요. 으아앙!"

랑이는 다정한 목소리로 말했다.

"걱정 마. 우리가 너희 이름을 찾아 줄게."

요정들은 눈물을 뚝뚝 흘리며 산이와 달리를 바라보았다. 그때 큰 안경을 쓴 요정이 눈을 반짝이며 앞으로 나섰다.

"내 이름부터 찾아 줄 수 있어?"

안경을 쓴 요정은 자신의 이름을 설명했다.

"내 이름의 뜻은 '두 개 이상의 볼록 렌즈를 맞추어서 멀리 있는 물체를 크고 정확하게 보도록 만든 장치'야."

그러면서 자신이 달고 있는 이름표를 가리켰다. 이름표에는 'ㅁ, ㅇ, ㄱ' 세 글자만 남아 있었다. 산이와 달리는 서로의 얼굴을 마주 보았다.

"'두 개 이상의 볼록 렌즈로 멀리 있는 물체를 정확하게 보는 장치'라면?"

"망원경!"

"망원경!"

둘이 동시에 외쳤다. 요정의 이름표가 반짝이더니 사라졌던 나머지 글자들이 하나둘 나타났다.

'망원경'

요정이 깜짝 놀라 두 손을 활짝 폈다.

"와아, 내 이름이 돌아왔어!"

산이와 달리는 뿌듯한 표정으로 요정을 바라보았다. 그러자 옆에 있던 또 다른 요정이 살짝 손을 들었다.

"저기…… 내 이름도 찾아 줘."

이 요정의 이름표에는 'ㄱ, ㅉ, ㄱ'이라는 초성만 남아 있었다. 풍성한 머리카락을 양쪽 가운데 가르마로 나눈 모습의 요정이었다.

"내 이름의 뜻은 '산과 산 사이에 움푹 패어 들어간 곳'이야."

산이는 요정의 머리를 유심히 바라보며 말했다.

"산 사이에 움푹 패인 곳이면서 첫 글자가 'ㄱ, ㅉ, ㄱ'이라면?"

"갑짜기?"

달리가 장난스러운 목소리로 중얼거렸다.

"아니야, 달리야. 그리고 '갑짜기'로 소리 나도 '갑자기'로 써야지."

산이는 달리를 바라보며 말했다.

"나도 알아. 장난이지, 장난."

달리는 웃으며 손을 흔들었다.

"어, 잠깐. 할머니가 들려주셨던 동요가 있어. '산골짝에 다람쥐 아기 다람쥐~' 그래, '골짜기'야."

산이가 소리치며 가르마가 멋진 요정을 보았다. 요정의 이름표에 '골짜기'라는 글자가 짠 나타났다.

두 요정이 자신의 이름을 되찾자, 마지막 요정이 자신 있게 앞으로 나왔다.

"자, 이제 내 차례야. 나는 보다시피 'ㅈ, ㅅ, ㄱ'이고, 내 이름의 뜻은 '자신이 있다는 느낌'이야."

달리와 산이는 서로를 마주 보며 동시에 외쳤다.

"자신감!"

그러자 요정의 이름표에 '자신감'이라는 글자가 나타났다.

이름을 찾은 요정은 기쁜 표정으로 두 손을 번쩍 들었다.

"골짜기야!"

"망원경아!"

"자신감아!"

세 요정은 얼싸안으며 서로의 이름을 불렀다. 산이와 달리, 랑이도 함박웃음을 지었다.

그때였다. 텐트 옆 나무에서 '우수수, 오소소' 나뭇잎들이 떨어졌다.

"으악, 뭐야?"

"으아악!"

산이와 달리는 머리 위로 떨어지는 잎들을 보고 깜짝 놀라

소리를 질렀다.

"놀라지 마. 나도 말 요정이야."

요정 하나가 나무를 타고 내려왔다. 탐험 모자를 쓴 요정이 산이와 달리에게 악수를 청하며 말했다.

"검은 안개를 피하려고 나무 위에 올라가 있었어. 그러다 너희가 요정들의 이름을 찾아 주는 모습을 보게 되었지. 내 이름도 찾아 줄 거지?"

달리는 주먹을 불끈 쥐며 자신 있게 대답했다.

"당연하지!"

탐험 모자를 쓴 요정 이름의 초성은 'ㅁ, ㅎ, ㅅ'이었다.

"자, 이제 네 이름의 뜻을 말해 줘."

달리가 재촉하자 요정은 천천히 설명했다.

"내 이름의 뜻은 '위험을 무릅쓰고 어떠한 일을 하려는 마음'이야."

산이는 턱을 괴고 생각에 잠겼다.

"위험을 무릅쓰고 하려는 마음, 음…… 끝 글자는 '심'일 거야. '결심'도 마음과 관련 있고, '반항심'도 끝이 '심'으로 끝나잖아."

달리는 탐험 모자를 쓴 요정을 빤히 바라보다가 말했다.

"잠깐, 탐험 모자를 쓰고 있잖아! 그렇다면 '탐험심'? 아, 'ㅌ'이 아니고 'ㅁ'으로 시작하는구나. 너무 어려워."

그러나 산이는 고개를 저었다.

"아니야, 달리야. 잘 생각해 냈어. '탐험'이 아니라면 그 비슷한 '모험심', 그래 '모험심'이야!"

순간, 탐험 모자를 쓴 요정의 이름이 빛을 내며 나타났다.

"와아, 성공이야!"

산이와 달리는 손을 맞잡고 방방 뛰었다. 랑이가 요정들에게 다가가 조용히 말했다.

"요정들아, 검은 안개를 물리치려면 이름표 스무 개가 필요해. 너희의 이름표를 빌려줄 수 있어?"

요정들은 주저하지 않고 이름표를 떼어 랑이에게 건넸다. 그중 '망원경' 요정이 산이의 손을 꼭 붙잡으며 부탁했다.

"우리 이름을 찾아 줘서 정말 고마워. 명사마을도 꼭 구해 줘."

산이는 자신 있게 고개를 끄덕였다.

랑이는 곧장 물었다.

"다른 요정들이 어디 있는지 알아? 아직 이름표가 더 필요해."

그러자 '모험심' 요정이 오른손을 들어 검지로 하늘을 가리키며 말했다.

"여기서 오른쪽으로 가면 들판이 나오는데, 그 들판 위에 풍선 열기구가 떠 있을 거야."

산이와 달리는 동시에 눈을 반짝이며 말했다.

"좋아! 그럼 풍선 열기구를 찾아가 보자!"

셋은 캠핑장을 빠져나와 오른쪽으로 달렸다. 그때 어두운 숲속에서 '쉭쉭' 하는 날카로운 소리가 들려왔다. 무엇을 휘두르는 소리 같았다.

- **생기(生氣)** 생생하고 힘찬 기운을 말해요.
- **스산하다** 날씨가 흐리고 으스스한 것을 말해요.
- **초성** '나라'의 'ㄴ ㄹ'처럼 처음 소리인 자음을 말해요.
- **망원경** 두 개 이상의 볼록 렌즈를 맞추어서 멀리 있는 물체를 크고 정확하게 보도록 만든 장치예요.
- **골짜기** 산과 산 사이에 움푹 패어 들어간 곳을 말해요.
- **자신감** 자신이 있다는 느낌이에요.
- **모험심** 위험을 무릅쓰고 어떠한 일을 하려는 마음이에요.

◉ 캠핑장을 떠올렸을 때 생각나는 명사 다섯 가지를 어휘 주머니에 써 보세요.

6장
풍선 열기구와 검은 눈의 두더지

한참을 달려가니 넓은 들판이 나타났다. 요정의 말처럼 검은 안개 사이로 줄에 묶인 풍선 열기구가 둥둥 떠 있었다. 랑이는 하늘을 향해 크게 소리쳤다.

"요정들아, 랑이가 왔어!"

"……"

아무 대답이 없었다. 10초쯤 흘렀을까, 하늘에서 작은 쪽지 하나가 팔랑팔랑 떨어졌다.

산이가 쪽지를 펼쳐 읽었다.

> 쉿, 조용히! 검은 눈의 두더지가 나타날지 몰라요. 할 말이 있으면 이 쪽지 뒷면에 써서 종이비행기를 만들어 날려 줘요.

산이는 쪽지를 보고 가방에서 연필을 꺼내 한 자 한 자 또박또박 적었다.

> 우리는 요정들의 이름을 찾아 줄 수 있어. 너희는 모두 몇 명이니? 자신이 기억하는 이름의 뜻과 남은 글자들을 알려 주면 이름을 써서 보내 줄게.

산이는 글을 다 적은 다음 달리에게 쪽지를 건넸다. 달리는 쪽지를 착착 접어 종이비행기를 만든 후 랑이와 산이에게 소곤소곤 말했다.

"자, 이제 날린다."

달리는 종이비행기를 하늘로 힘차게 날렸다. 종이비행기는 용수철처럼 빙글빙글 돌며 공중으로 날아올랐다.

"헉!"

"어머!"

하늘에서 요정들의 놀라는 소리가 들려왔다. 그러더니 곧바로 새로운 쪽지가 땅으로 천천히 떨어졌다. 산이가 서둘러 쪽지를 펼쳐 읽었다.

> 우리는 모두 네 명이야.
>
> 첫 번째는 'ㅇ, ㄱ'만 남았고, '씩씩하고 굳센 기운'이라는 뜻을 가지고 있어.
>
> 두 번째는 'ㅂ, ㅁ, ㄱ'이고, '역사 유물이나 예술품 등을 모아 보관하고 전시하는 곳'이라는 뜻이야.
>
> 세 번째는 'ㅁ, ㄱ, ㅎ'이고, '우리나라를 상징하는 꽃'이야.
>
> 네 번째는 'ㅇ, ㅂ, ㅇ, ㄱ'이고, '조선 시대에 사용되던 해시계'라는 뜻을 가지고 있어.
>
> 우리 이름을 써서 아까처럼 종이비행기로 접어 하늘로 올려 줘. 참, 검은 눈의 두더지를 조심해. 두더지는 소리에 예민하거든. 검은 눈의 두더지에게 잡혀간 요정들은 아직 돌아오지 못했어.

쪽지를 읽은 산이와 달리, 랑이는 놀라서 '헙!' 하고 입을 굳게 다물었다. 셋은 눈짓으로 쪽지를 주고받으며 머리를 모았다. 산이와 달리는 수첩을 꺼냈다. 산이가 먼저 수첩에 첫 번째 요정의 이름을 적었다.

'씩씩하고 굳센 기운이라면…… 용기?'

달리가 고개를 빠르게 여러 번 끄덕였다. 그리고 오른손 엄지를 척 들어 보였다. 달리는 두 번째 요정의 이름을 적었다.

'두 번째는 박물관! 역사 유물을 전시하는 곳.'

산이가 감탄하며 작게 말했다.

"오, 달리 똑똑하다. 역시!"

산이도 달리에게 '엄지척'을 해 보였다. 그러곤 수첩에 다시 내용을 적어 달리에게 보여 주었다.

'세 번째는?'

'무궁화'

달리는 '무궁화'라고 적힌 수첩을 얼른 보여 주었다. 산이와 달리는 키득키득 웃었다. 이제 마지막 요정의 이름만 남았다.

산이가 수첩에 급하게 적었다.

'이거 과학 시간에 선생님께서 사진으로 보여 주신 적이 있어. 4학년이 되면 배운다고 했는데…….'

달리도 떠올리려 애썼다.

'난 아빠하고 국립고궁박물관에서 봤던 것 같아. 저 글자들이 모두 한자라고 하셨어.'

'자격루와 같이 봤던 건데. 뭐였지? 기억이 날 듯 말 듯 해.'

'자격루? 맞아, 맞아. 자격루, 혼천의, 그리고 해시계…… 해시계 이름…….'

산이와 달리는 동시에 종이 위의 네 글자를 바라보았다.

'ㅇ'으로 시작하는 네 글자…… 도대체 뭐였지?'

그때였다.

"하암."

어디서 커다란 하품 소리가 들려왔다. 랑이가 정답을 기다리기가 지루했는지 하품을 크게 했다. 산이와 달리는 작은 소리로 속삭였다.

"랑이?"

"랑? 앙!"

그러더니 둘이 동시에 외쳤다.

"앙부일구!"

바로 그 순간, 땅이 요동쳤다.

'두두두둑'

마치 지진이 난 듯 땅이 갈라지는 소리가 났다. 곧 옛 전설에 나오는 용만큼이나 큰 갈색 동물이 땅에서 솟구쳤다.

'쿠오오!'

눈 주위가 텅 비어 검게 보이는 괴물 두더지였다. 괴물 두더지는 커다란 발톱을 번쩍이며 땅을 헤집었고, 붉은 입에서는 끈적한 침이 흘러내렸다. 풍선 열기구에서 다급하게 외치는 소리가 들려왔다.

"검은 눈의 두더지야! 어서 피해!"

산이와 달리는 두더지를 뒤로하고 온 힘을 다해 달렸다. 랑이는 산이의 어깨를 꽉 잡았다. 두더지는 엄청난 속도로 땅을 가르며 추격해 왔다.

'드르르륵'

"악!"

달리 바로 옆에서 두더지가 솟아올랐다. 두더지의 발바닥이 달리 옆구리를 스치듯 지나갔다. 달리는 잽싸게 몸을 굴

려 아슬아슬하게 피했다. 산이가 재빨리 달려가 달리의 팔을 붙잡아 일으켰다. 그러나 두더지는 물러서지 않았다.

'두두둑'

이번에는 산이와 달리의 발밑 땅이 솟아올랐다. 아니, 땅이 아니었다. 두더지의 머리였다.

"꽉 잡아, 산아!"

순식간에 두더지의 머리 위에 올라타게 된 둘은 필사적으로 매달렸다. 머리에서 떨어지면 바로 두더지의 붉은 입속이었다.

'쿠어어억!'

두더지는 머리를 세차게 흔들었다.

랑이가 산이 곁으로 날아와 외쳤다.

"산아, 내 뒷발을 꽉 잡아! 달리는 산이 몸 어디든 붙잡고! 빨리!"

산이는 랑이의 뒷발을 잡았다. 달리는 산이의 종아리를 붙잡았다. 랑이는 공중에서 흔들리며 원을 그리기 시작했다. 두더지의 코가 땅에 닿았을 때였다.

"지금이야!"

랑이가 외치는 소리와 동시에 셋은 허공에 생긴 원 모양의 문으로 쏙 빨려 들어갔다. 그리고 풍선 열기구 아래로 떨어졌다.

"후유, 살았어……."

달리가 숨을 몰아쉬며 말했다. 달리와 산이의 얼굴은 흙과 땀으로 범벅이 되었다.

"쉿!"

산이가 검지를 입에 갖다 댔다. 달리가 고개를 돌려 보니 저 멀리 두더지의 모습이 보였다. 두더지는 주위를 두리번거리더니 땅속으로 다시 들어갔다.

'다행이야.'

산이는 눈물이 고인 눈을 소매로 벅벅 문질렀다. 그러고는 가방에서 쪽지를 꺼내 요정들의 이름을 적었다.

'용기, 박물관, 무궁화, 앙부일구'

달리는 산이에게 받은 쪽지를 잘 접어 위로 날려 보냈다.

'촤르륵'

풍선 열기구에서 줄사다리가 던져지더니 네 요정이 차례로 내려왔다. 요정들의 가슴에는 온전한 이름이 새겨져 있었다.

'무궁화' 요정이 조심스럽게 쪽지를 꺼내 적었다.

'정말 고마워. 덕분에 이름을 찾았어.'

곧이어 '용기' 요정도 뺨을 붉히며 한 문장을 더 적었다.

'두더지를 피할 때 못 도와줘서 미안해.'

산이는 이 말에 고개를 저었다. 그리고 곧 수첩에 또박또박 적었다.

'괜찮아. 우리에겐 신수 랑이가 있으니까. 검은 안개를 물리치려면 이름표가 필요해. 이름표를 줄 수 있어?'

쪽지를 읽은 명사 요정들은 저마다 가슴에서 이름표를 떼어 건넸다. 그러고는 소리 없이 입 모양으로 "고마워"라고 말했다. 산이는 수첩에 또 적었다.

'다른 요정들은 어디에 있을까?'

그러자 구릿빛 얼굴의 '앙부일구' 요정이 남쪽을 가리켰다.

'저기 언덕 아래에 반짝이는 호수가 있어. 요정들이 호수로 뛰어드는 걸 보았어.'

산이와 달리는 서로를 바라보며 고개를 끄덕였다.

"명사 요정들아, 안녕! 우린 호수로 가야 해."

달리가 손을 흔들며 작게 외쳤다. 요정들도 작은 손을 흔들어 인사를 건넸다.

"산아, 달리야, 이제 출발하자!"

랑이의 말이 끝나자마자 셋은 남쪽 들판을 가로질러 달리기 시작했다. 다음 목적지는 햇빛 일렁이는 호수였다.

어휘 창고

- **소곤소곤** 남이 알아듣지 못하게 작은 목소리로 가만가만 이야기하는 소리 또는 모양을 말해요.

- **용기(勇氣)** 씩씩하고 굳센 기운, 용감한 기개를 말해요.

- **박물관** 고고학 자료, 역사 유물, 예술품, 그 밖의 학술 자료를 수집·보존·진열해 둔 시설을 말해요.

- **무궁화** 우리나라의 국화(國花)로 흰색 또는 분홍색 꽃이 피어요.

- **앙부일구** 조선 시대에 사용하던 해시계예요.

- **일렁이다** 이리저리 흔들리는 것을 말해요.

◉ 풍선 열기구를 타고 여행하고 싶은 나라 이름 다섯 개를 어휘 주머니에 써 보세요.

어휘 주머니

7장
난 괴물이 아니야!

산이와 달리, 랑이는 호수가 내려다보이는 언덕 위에 도착했다. 호수는 언덕 아래 깊숙이 자리 잡고 있었다. 그런데 검은 안개가 자욱해 햇살에 반짝이는 잔물결인 윤슬을 가렸을뿐더러, 주변까지 음산하게 만들었다.

"평소엔 정말 예쁜데……."

랑이가 안타까워하며 중얼거렸다.

"걱정하지 마. 곧 본래 모습을 찾을 거야. 그런데 호수까지 어떻게 가지? 여기는 너무 높아."

산이가 난처한 얼굴로 물었다. 그러자 랑이가 안개를 헤치며 앞장섰다.

"저기 원통 미끄럼틀이 있어! 미끄럼틀을 타면 한 번에 내려갈 수 있어."

잠시 후 거대한 원통 미끄럼틀이 모습을 드러냈다.

"와, 큰 동굴 같아! 내가 먼저 간다!"

달리가 망설임 하나 없이 원통 속으로 뛰어들었다.

"와, 하하하!"

신나서 어쩔 줄 모르는 달리의 웃음소리가 원통 안에서 들려왔다. 산이와 랑이도 서로 쳐다보더니 얼른 원통 속으로 들어갔다. 원통 미끄럼틀은 마치 놀이기구처럼 속도감이 넘쳤다.

'슝슝'

미끄럼틀 끝에 푹신한 매트리스가 깔려 있어 안전하게 착지할 수 있었다. 가까운 곳에서 찰싹 물결이 부서지는 소리가 들렸다.

"호수야!"

달리가 말했다. 하지만 검은 안개 때문에 요정들이 어디 있는지 보이지 않았다.

"요정들을 큰 소리로 부르면 두더지가 또 나타날지도 몰라."

산이가 걱정스럽게 말했다.

"호수 속으로 들어가야 할 것 같아. 요정들이 물속으로 뛰어들었다고 했잖아. 그런데…… 난 수영 실력이 좀……."

랑이가 난처한 얼굴을 했다.

"걱정 마! 내가 수영왕이잖아. 이것 봐, 여기 잠수복도 있어. 우리가 올지 어떻게 알았지?"

달리가 환하게 웃으며 가방과 신발을 산이에게 맡겼다. 그러고는 잠수복을 입고 수영 장비를 착용하고 물속으로 풍덩 뛰어들었다.

호수 물 아래에는 검은 안개가 없었지만, 빛이 없어서 앞이 잘 보이지 않았다. 달리는 손과 발을 힘껏 움직이며 요정들

을 찾았다.

그때 물속에서 울렁거리는 움직임이 느껴졌다.

'뭔가 도망치고 있어!'

달리가 그쪽을 향해 가자 울렁거림이 더 빨라졌다. 요정들이 놀라서 도망치고 있었던 것이다.

"푸핫!"

요정들이 하나둘 물 위로 얼굴을 내밀었다. 그러더니 뒤도 안 돌아보고 재빨리 물가로 뛰어갔다.

"도망치지 마! 나야, 랑이!"

물가에 있던 랑이가 달려가 요정들 앞을 막아섰다.

요정들은 랑이를 보더니 안도하며 주저앉았다.

"으아앙! 정말 랑이 님이세요?"

"정말 무서웠어요. 괴물이 물속에서 막 쫓아왔어요!"

그때였다.

'팟!'

물속에서 잠수복을 입은 달리가 모습을 드러냈다.

"괴, 괴물이다!"

요정들이 다시 겁에 질려 뒷걸음쳤다.

"요정들아, 난 괴물이 아니야. 너희를 도와주러 왔어."

달리가 서둘러 물안경을 벗으며 말했다.

"맞아. 달리랑 산이는 우리를 도와주러 온 인간 친구들이야."

랑이가 소개하자 요정들은 눈을 동그랗게 떴다.

"안녕, 나는 산이야. 달리와 함께 너희 이름을 찾아 줄게."

"정말? 우리 이름을 찾아 줄 수 있어?"

어느새 옷을 갈아입은 달리가 수건을 머리에 두르고 씩 웃으며 자신만만하게 말했다.

"물론이지! 우리는 이미 여덟 요정의 이름을 찾아 줬다고. 자, 이제 너희 이름의 뜻을 차례로 말해 봐."

'ㅎ, ㄴ, ㅂ, ㄹ'만 남은 이름표를 단 요정이 앞으로 나왔다.

"내 이름은 '서쪽에서 부는 바람'이라는 뜻이야."

"이건 알아! 어릴 때 할머니께서 가르쳐 주셨어. '하늬바람'이야!"

산이가 외치자, 요정의 이름표에 글자가 온전히 나타나며 이름이 보였다.

"오, 산아! 정말 대단한데?"

달리가 말했다.

다음으로 은빛 비늘이 반짝이는 요정이 나왔다. 이름표에는 'ㅇ, ㅇ'이 남아 있었다.

"내 이름의 뜻은 '바다빙엇과의 민물고기'야."

고민하던 산이가 말했다.

"민물고기이고 'ㅇ, ㅇ'이면 혹시 '잉어'?"

그러나 이름표는 그대로였다. 요정이 안타까워하며 설명을 덧붙였다.

"어릴 땐 바다에서 지내다 봄이 되면 강을 거슬러 올라가

고, 급류에서 살다가 하류로 내려가 알을 낳아."

"강을 거슬러 올라간다면…… '연어'?"

이번에도 이름표는 변함없었다.

"산아, 요정의 머리가 은빛이니까 '은어'가 아닐까?"

달리의 말에 산이가 "은어!"라고 외치자, 이름표가 반짝이며 완성되었다.

"맞혔어!"

달리가 폴짝폴짝 뛰며 기뻐했다.

다음으로 복슬복슬한 머리의 요정이 나왔다.

"내 이름은 '볏과의 한해살이풀'이라는 뜻이야. 잎이 길고 좁아. 여름이면 강아지 꼬리 같은 꽃이 피지."

이름표에는 'ㄱ, ㅇ, ㅈ, ㅍ'이 남아 있었다.

"강아지풀!"

산이와 달리가 동시에 외쳤고, 요정의 이름이 나타났다. 마지막으로 조용히 차례를 기다리던 요정이 앞으로 나왔다. 이름표에는 'ㅍ, ㅎ'이 남아 있었다.

"내 이름은 '평온하고 화목하다'라는 뜻이야."

"그럼, 평화!"

달리가 요정의 손을 잡으며 말했다. 이름표가 반짝이며 '평화'라는 이름이 완성되었다. 요정이 조용히 미소 지었다.

"네 요정의 이름을 모두 찾았어!"

산이와 달리는 힘껏 손뼉을 마주쳤다.

"역시 너희가 해낼 줄 알았어."

랑이가 뿌듯한 표정을 지었다. 그러고는 산이의 어깨 위에 올라타며 요정들에게 말했다.

"검은 안개를 물리치려면 너희의 이름표가 필요해. 빌려줄 수 있어?"

요정들은 이름표를 건네며 간절히 말했다.

"랑이 님, 꼭 검은 안개를 물리쳐 주세요."

"응, 꼭 그럴게. 혹시 다른 요정들은 어디에 있을까?"

"검은 안개가 몰려올 때 극장으로 숨은 친구들이 있어요. 왼쪽으로 조금만 가면 극장이 나와요."

요정들의 배웅을 받으며 랑이와 산이, 달리는 극장으로 힘차게 달려갔다.

- **윤슬** 햇빛이나 달빛이 비쳐 반짝이는 잔물결을 말해요.

- **난처하다** 이럴 수도 없고 저럴 수도 없어 처신하기 곤란한 상태를 말해요.

- **안도하다** 어떤 일이 잘 되어 마음을 놓는다는 뜻이에요.

- **하늬바람** 서쪽에서 부는 바람을 말해요.

- **은어** 바다빙엇과의 민물고기예요. 어릴 때는 바다에서 지내고 이른 봄에 강을 거슬러 올라가 급류에서 살다가 다시 하류로 가 알을 낳아요.

- **강아지풀** 볏과의 한해살이풀이에요. 잎이 좁고 길며 여름에 가는 줄기 끝에 강아지 꼬리 모양의 연한 녹색 또는 자주색 꽃이 피어요.

- **평화(平和)** 평온하고 화목하다는 뜻이에요.

◉ 호수 하면 생각나는 단어 다섯 가지를 어휘 주머니에 써 보세요.

8장
컴컴한 극장과 불타는 스크린

달리가 먼저 극장 문을 열고 안으로 들어섰다. 조명이 꺼진 실내는 어둑어둑했다. 달리가 휴대폰 손전등을 켜며 말했다.

"내 뒤를 잘 따라와. 발밑 조심하고."

산이는 달리의 옷을 잡고 조심조심 극장 계단을 내려갔다. 그런데 무대 위 커튼이 살짝 벌어졌다가 다시 닫히는 게 보였다.

달리가 속삭였다.

"봤어?"

"응. 누가 얼굴을 내밀었다가 사라졌어."

"명사 요정이 틀림없어."

달리가 크게 외쳤다.

"요정들아, 무서워하지 마! 우리는 너희 이름을 찾아 주러 왔어!"

'빼꼼, 빼꼼'

커튼 사이사이에서 요정들이 얼굴만 내밀었다.

"진짜 우리 이름을 찾아 주러 온 거 맞지? 마왕의 부하가 아니지?"

한 요정이 조심스럽게 물었다. 산이는 어깨 위의 랑이를 내려 앞으로 내밀며 말했다.

"그럼! 우리는 신수 랑이의 부름을 받고 왔어. 여기 랑이도 있어."

"오, 랑이 님이야!"

"랑이 님, 우리 이름을 찾아 주세요!"

네 요정이 커튼에서 뛰쳐나와 앙앙 울며 랑이를 에워쌌다.

"여기는 산이와 달리야. 이 친구들이 너희 이름을 찾아 줄 거야."

랑이의 말에 신비로운 눈빛을 가진 요정이 앞으로 나왔다.

"내 이름의 초성은 'ㅎ, ㅅ'이야. 뜻은 '현실적으로 일어날 가능성이 없는 헛된 생각이나 공상'이지."

달리가 산이에게 물었다.

"어려운 말이다. 산아, 현실이 아니고 헛된 생각을 나타내는 말이 뭘까?"

"'공상'이라고 하니까 두 번째 글자는 '상'이 아닐까?"

"'ㅎ상'이란 말이지? 그렇다면……."

산이가 중얼거렸다. 그리고 번뜩 떠오른 듯 외쳤다.

"아, 알았다! '환상'이야!"

그러자 신비로운 눈빛을 가진 요정의 가슴에 '환상'이라는 이름이 나타났다.

"오! 산아, 맞혔어. 자, 다음 요정 나오세요."

달리가 밝은 목소리로 외쳤다. 이번에는 눈에 눈물이 그렁그렁 맺힌 요정이 다가왔다.

"'ㅅ, ㅍ' 보이지? 뜻은 '슬픈 마음이나 느낌'이야."

달리가 자신만만하게 말했다.

"너무 쉬운데? 바로 '슬픔', 그래 '슬픔'이야! 맞지?"

달리가 '슬픔'이라고 말하자 울고 있던 요정의 이름표에 글자가 나타났다. 그런데 어찌 된 일인지 요정은 더 큰 소리로 울기 시작했다.

"맞아, 내 이름! 나는 '슬픔'이야. 하지만 지금은 내 이름을 찾아 기뻐서 나는 눈물이야. 으앙!"

'슬픔' 요정이 이름을 찾자 남은 두 요정의 얼굴에도 기대감이 감돌았다. 그중 한 요정이 말했다.

"내 이름도 찾을 수 있겠어! 이제 웃을 수 있어. 내 이름은 'ㅎ'만 두 번이야. 뜻은 '아주 기쁘고 행복한 마음'이지."

"'ㅎ, ㅎ'이라고 하니까 '흐흐' 웃는 것 같아."

달리의 농담에 산이가 곧바로 말했다.

"매우 기쁘면 우리가 뭘 하지?"

"환호!"

달리가 큰 소리로 외쳤지만, 요정의 이름표는 빛이 나지 않고 그대로였다.

"달리야, '환호'는 아닌가 봐. 큰 기쁨, 어떤 말일까?"

산이의 말에 달리가 고민하다 뭐가 떠오른 듯 말했다.

"예전에 동화책에서 '희희낙락'이라는 말을 봤는데, 엄마가 매우 기뻐하고 즐거워한다는 뜻이라고 하셨어. 그럼 혹시……. '환희'?"

그 순간, 웃고 있는 요정의 이름표에 '환희'라는 글자가 나타났다.

"야호, 맞혔다! 아무래도 난 천재인가 봐."

달리가 어깨를 으쓱이며 자랑스러워했다.

이제 마지막 요정이 남았다.

'ㅅ, ㄹ'만 남은 요정이 다가왔다.

"나는 '마음에 걸려 풀리지 않고 항상 남아 있는 근심과 걱정'이라는 뜻의 이름이야. 내 이름은?"

요정은 이렇게 말하고는 걱정스럽게 눈썹을 찡그린 채 달리를 쳐다보았다.

"너의 이름은…… '시러'?"

달리가 장난스럽게 말했다.

"시러가 뭐야, 달리야. '싫다'라면 받침을 써서 '싫어'라고 해야지. 잠깐, 할머니가 걱정하실 때 뭐라고 하셨던 거 같은데……. '시, 시' 뭐라고 하셨지?"

산이가 말끝을 흐리자 달리가 곧바로 말을 받았다.

"'시름이 많다', 우리 아빠도 나를 보고 자주 하시는 말씀이지. 걱정 많은 요정, 너의 이름은 '시름'이야!"

요정의 이름표에 '시름'이라는 글자가 또렷이 새겨졌다. 걱정에 가득 찼던 요정의 얼굴도 밝아졌다.

'팟!'

'팟, 팟, 팟!'

그때 무대 스크린에 빛이 비추어졌다.

 산이, 달리, 랑이, 요정들은 깜짝 놀라 스크린을 바라보았다. 스크린 속에는 네 요정이 있었다. 요정들은 가슴에 초성만 남은 이름표를 단 채 오들오들 떨고 있었다.

 "우리 이름도 찾아 줘! 마왕이 우리를 스크린 속에 가둬 버렸어!"

한 요정이 다급하게 외쳤다.

"영상이 켜지고 4분 안에 이름을 못 찾으면, 우리는 스크린과 함께 불타서 사라질 거야!"

또 다른 요정의 말이 끝나자마자 스크린 위쪽에 숫자가 나타나더니 시간이 흐르기 시작했다.

03:59, 03:58…

산이가 다급하게 외쳤다.

"우리가 도와줄게. 너희 이름의 뜻을 어서 알려 줘!"

하지만 요정들이 고개를 저었다.

"우리는 이름의 뜻을 말해 줄 수 없어. 대신 사진을 보여 줄게. 사진을 보고 우리 이름을 맞혀 줘."

달리가 주먹을 꽉 쥐며 말했다.

"좋아! 어서 보여 줘!"

첫 번째 사진이 나타났다.

"옛날 건물이야. 담장 문을 세 번 통과하면 돌 마당과 이층 건물이 나오고, 뒤엔 산도 보여."

산이가 사진을 보며 중얼거렸다.

"나 저기 알아. 국립고궁박물관에서 '앙부일구'를 봤다고 했잖아? 그때 가 봤어. 바로 '경복궁'이야!"

달리가 눈을 반짝이며 말했다.

그 순간, 스크린에서 '경복궁'이라는 이름표를 단 요정이 '툭' 튀어나왔다.

"고마워! 이제 살았어."

03:10, 03:09, 03:08, 03:07…

시간이 계속 흘러갔다.

"다음 사진! 빨리 보여 줘!"

산이가 외치자 다음 사진이 떴다.

오른손에 칼을 잡고, 투구와 갑옷을 착용한 장군의 모습이었다.

"이순신!"

"이순신 장군!"

산이와 달리가 동시에 외쳤다. 그러자 스크린에서 '이순신' 이름표를 단 요정이 멋진 낙법을 보여 주며 튀어나왔다.

03:00, 02:59, 02:58…

"다음 사진!"

산이가 다급한 목소리로 말했다.

"시간이 가고 있어. 빨리 보여 줘!"

사진이 바로 나타났다.

산이가 두 눈을 반짝이며 말했다.

"탑이다. 어디서 많이 봤는데?"

02:00, 01:59, 01:58…

"잠깐, 십 원짜리 동전에 있는 탑 아니야?"

달리는 가방을 뒤적여 동전을 꺼냈다.

"맞아! 경주 불국사에 있는 거야. 이름이 뭐더라?"

01:30, 01:29, 01:28…

산이가 다급하게 말했다.

"달리야, 탑이야. '탑'으로 끝나는 말이겠지?"

01:20, 01:19, 01:18…

달리가 이마를 탁 쳤다.

"잠깐만, 생각나려고 해. 탑이 두 개잖아. 하나는 석가탑, 그리고 다른 하나는…… 그래, '다보탑'이야! 경주 불국사 다보탑!"

그 순간, '다보탑'이라는 이름표를 단 요정이 스크린에서 튀어나왔다.

"좋아! 이제 마지막이야."

산이가 다짐하듯 주먹을 꽉 쥐고 말했다.

01:00

스크린 오른쪽 귀퉁이가 불타오르기 시작했다.

00:59, 00:58, 00:57…

"스크린이 타고 있어! 서둘러야 해!"

달리가 다급하게 외쳤다. 마지막 사진이 나타났다.

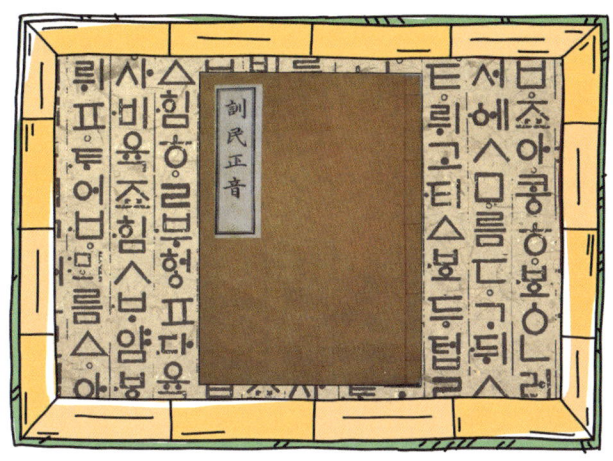

"옛날 책이야. 한자 이름이고 네 글자인데, 한자를 몰라 모르겠어."

달리가 울상을 지었다.

00:50, 00:49, 00:48…

벌써 스크린 오른쪽 4분의 1이 불타 사라졌다. 산이가 집중하며 말했다.

"이건 사진이 아니라 영상이야! 책이 펼쳐지고 있어. 달리야, 'ㄱ, ㄴ, ㄷ'은 한글 자음자 아니야?"

"어? 그러네! 'ㅏ, ㅓ' 같은 모음자도 보여."

00:30, 00:29, 00:28…

"스크린 절반이 타 버렸어! 산아, 옛날 책이고, 한글의 자음자와 모음자를 설명하는 책인가 봐. 학교에서 한글날에 대해 배울 때 본 적 있어."

 00:20, 00:19, 00:18…

 산이가 눈을 빛내며 말했다.

"달리, 넌 정말 천재야! 한글 자음자와 모음자를 설명해 놓은 책, 한글의 옛 이름이기도 한 '훈민정음'이야!"

00:10

산이가 힘차게 "훈민정음!"이라고 외치자 시간이 멈추었다. 순간 정적이 흘렀다. 그리고 스크린에서 '훈민정음'이라는 이름표를 단 요정이 튀어나왔다.

"와아아!"

요정들은 기뻐하며 산이와 달리를 껴안고 빙글빙글 돌았다.

"요정들아, 이름표를 줘. 검은 안개를 물리쳐야 해."

랑이의 말에 요정들은 너도나도 이름표를 건넸다.

"좋아! 스무 명사 요정에게서 모두 이름표를 얻었어."

산이가 가방에서 한힌샘 선생님의 책을 꺼내 펼쳤다. 그러자 눈부신 알림창이 극장 천장에 떠올랐다.

1단계 성공을 축하합니다.

명사마을 정화 2단계에 도전하시겠습니까?

☐ 예   ☐ 아니요

산이, 달리, 랑이가 함께 외쳤다.

"예!"

그러자 다시 알림창이 떴다. 산이, 달리, 랑이는 이제 알림창이 친숙하게 느껴졌다.

> 정화 2단계 도전을 수락했습니다.
> 마을 입구 풍차로 가서 책을 다시 펼치세요.

어휘 창고

- **환상(幻想)** 전혀 현실적이지 못한 헛된 생각이나 공상을 말해요.
- **공상(空想)** 현실적으로 실현될 가망이 없는 것을 막연히 그려 보는 거예요.
- **슬픔** 슬픈 마음이나 느낌을 말해요.
- **환희(歡喜)** 매우 기뻐하는 것 또는 큰 기쁨을 말해요.
- **희희낙락** 매우 기뻐하고 즐거워한다는 뜻이에요.
- **시름** 마음에 걸려 풀리지 않고 항상 남아 있는 근심과 걱정을 말해요.
- **훈민정음** 1443년에 세종대왕이 창제한 우리나라 글자를 이르는 말로, '백성을 가르치는 바른 소리'라는 뜻이에요.

◉ 극장에 가면 볼 수 있는 다섯 가지를 어휘 주머니에 써 보세요.

어휘 주머니

9장
구체 명사와 추상 명사를 구분하라

　산이와 달리, 그리고 랑이는 풍차를 향해 발걸음을 옮겼다. 이름표 스무 개를 손에 쥐고 있어서인지 발걸음이 한결 가벼웠다.
　하지만 풍차 주변은 여전히 검은 안개로 뒤덮여 있었다. 산이가 책을 펼치자, 허공에 알림창이 나타났다.

2단계는 구체 명사, 추상 명사 분류하기입니다.
모아 온 이름들을 오른쪽 풍차 꼭대기 벽에

구체 명사와 추상 명사로 나누어 붙이세요.
구체 명사는 '실제로 볼 수 있고 만질 수도 있는 사물의 이름'이고, 추상 명사는 '눈에 보이지 않지만 느낌이나 개념을 나타내는 이름'입니다.

"우리가 모아 온 이름들을 나누라는 거네!"

달리가 말했다.

"랑아, 이름표를 바닥에 펼쳐 줘."

산이의 말에 랑이는 허공에서 이름표들을 쏙쏙 뽑아 땅 위에 깔았다

골짜기	환상	이순신	은어
모험심	자신감	무궁화	강아지풀
망원경	슬픔	다보탑	평화
환희	앙부일구	하늬바람	시름
훈민정음	박물관	경복궁	용기

산이는 손가락으로 땅에 선을 그으며 말했다.

"왼쪽엔 '구체 명사'를, 오른쪽엔 '추상 명사'를 놓자. 구체 명사는 눈에 보이고 만질 수 있는 것, 추상 명사는 눈에 보이지 않는 느낌이나 개념을 나타내는 말이라고 했지? 그렇다면……."

산이가 먼저 '골짜기' 이름표를 왼쪽에 놓았다.

"산과 산 사이에 있는 골짜기는 볼 수 있으니까 구체 명사야."

산이의 말에 달리가 고개를 끄덕였다.

"'앙부일구'와 '박물관'도 눈으로 볼 수 있으니까 구체 명사네!"

둘은 차례로 이름표를 정리해 나갔다.

"잠깐, '환희'는 어디에 놓지?"

달리가 고민하며 묻자 산이가 설명했다.

"'환희'는 큰 기쁨이라고 했잖아? 그럼 추상 명사야. 기쁨은 느끼는 거지 손으로 만질 수는 없잖아."

달리가 감탄하며 말했다.

"그럼 '슬픔'도 추상 명사. 슬픔도 마음으로 느끼는 거지 눈에 보이지는 않잖아."

"잘했어! 달리야, 네가 구체 명사를 모아. 내가 추상 명사를 정리할게."

"오, 좋은 생각이야! '무궁화'는 구체 명사!"

둘은 신나게 이름표를 분류했다.

"짜잔, 다 나눴어!"

달리가 뿌듯한 표정을 지으며 말했다.

산이가 손가락으로 명사들을 세었다.

"구체 명사는 열두 개, 추상 명사는 여덟 개네."

달리는 이름표를 모아 들고 말했다.

"이제 풍차 안으로 가자! 내가 추상 명사를 들게."

"좋아, 난 구체 명사를 들게."

산이가 말하자 랑이는 산이의 어깨 위로 풀쩍 뛰어올랐다.

셋은 이름표를 가슴에 꼭 품고 오른쪽 풍차의 문을 열었다. 풍차 안에는 꼭대기로 가는 나선형 계단이 있었다. 중간에는 창문이 있었지만, 풍차 안에 가득한 검은 안개 때문에 아무것도 보이지 않았다. 셋은 서둘러 계단을 올라갔다. 다리가 아파 왔지만 멈출 수 없었다.

풍차 꼭대기에는 책상과 의자, 푹신한 소파 등이 있었다. 검은 안개만 아니었다면, 명사 요정들이 여기에서 편안히 지냈을 것이다.

벽에는 두 칸으로 나뉜 커다란 보드판이 걸려 있었다. 보드판의 각 칸에는 '구체 명사'와 '추상 명사'라는 글자가 크게 쓰여 있었다.

달리가 웃으며 말했다.

"저기 보드판에 이름표를 붙이는 건가 봐. 빨리 붙이자."

산이와 달리는 가슴에 품고 있던 이름표를 하나씩 꺼내어 보드판에 붙였다.

마지막으로 산이가 구체 명사에 '훈민정음' 이름표를 붙이며 말했다.

"끝났어! 이제 어떻게 되는 거지?"

잠시 후 '두두두두' 하는 요란한 소리와 함께 거대한 풍차 날개가 힘차게 돌아가기 시작했다.

"우아, 풍차가 움직여!"

달리가 팔짝팔짝 뛰었다.

산이도 놀라서 풍차를 올려다보았다.

"풍차 바람으로 검은 안개를 물리치는 거였어! 이름표는 풍차를 움직이는 에너지였나 봐."
"산아, 우리가 명사마을을 구했어!"

달리는 신이 나서 산이의 어깨를 마구 흔들었다.

"으윽, 다알리이야, 자암깐만……. 아직 3단계가 남았어."

산이는 가방에서 책을 꺼내 펼쳤다. 허공에 알림창이 나타났다.

> 2단계 성공을 축하합니다.
>
> 명사마을 정화 3단계에 도전하시겠습니까?
>
> ☐ 예 ☐ 아니요

"물론 '예'죠."

달리가 넝큼 대답했다.

> 정화 3단계 도전을 수락했습니다.
>
> 3단계는 보통 명사, 고유 명사 분류하기입니다.
>
> 모아 온 이름들을
>
> '같은 종류의 모든 사물에 두루 쓰이는 명사'인 '보통 명사',
>
> '특정한 사물이나 사람의 고유한 이름'인 '고유 명사'로 나누세요.
>
> 왼쪽 풍차 꼭대기 벽에 고유 명사를 붙이세요.

산이가 잠시 생각하더니 말했다.

"3단계는 설명이 길지만 고유 명사만 찾아서 왼쪽 풍차로 가져가면 돼. 고유 명사는 '특정한 사물이나 사람의 고유한 이름'이야. 그럼 '이순신' 장군님 이름은 고유 명사겠지?"

"오, 똑똑해. 역시 내 친구야. 여기 명사들 중에서 고유 명사만 찾으면 나머지는 보통 명사가 되는구나. 내가 맞힌 '다보탑', 이것도 고유 명사야. 다보탑도 고유한 이름이잖아."

달리는 이렇게 말하고 산이와 함께 벽에 붙여 둔 명사들 중에서 고유 명사만 골라냈다.

'이순신, 다보탑, 경복궁, 훈민정음', 고유 명사는 모두 네 개였다.

"자, 이제 왼쪽 풍차로 가자."

랑이가 계단을 폴짝폴짝 뛰며 앞장섰다.

구체 명사와 추상 명사를 구분하라

◉ **명사를 분류하자!**

명사마을을 구하려면 명사를 분류해야 해요. 명사를 분류하는 첫 번째 기준은 '구체적인가, 추상적인가' 하는 거예요.

- **구체 명사**는 '돌, 꽃, 하늘'처럼 만질 수 있고 볼 수 있는 대상의 이름이에요.
- **추상 명사**는 '사랑, 희망, 삶'처럼 머릿속에서 개념으로만 존재하는 대상의 이름이에요.

◉ 생각나는 '구체 명사'와 '추상 명사' 다섯 가지를 어휘 주머니에 써 보세요.

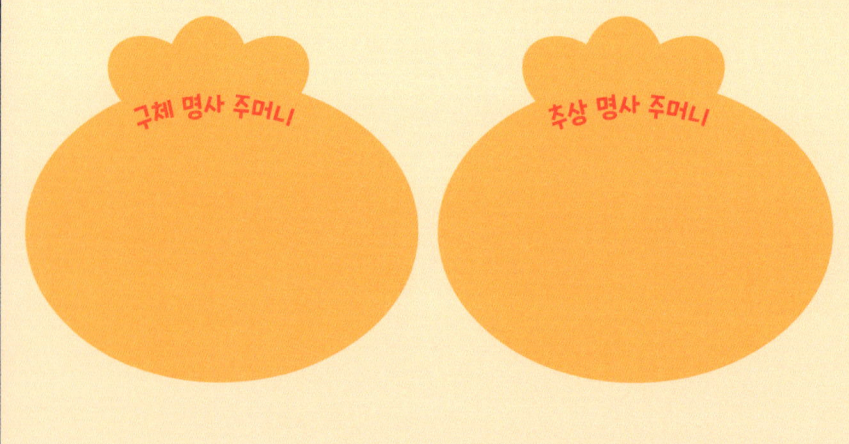

◉ 명사를 한 번 더 분류하자!

명사마을을 구하려면 명사를 한 번 더 분류해야 해요. 명사를 분류하는 두 번째 기준은 '일반성'과 '고유성'이에요.

- 보통 명사는 '사람, 나무, 강'처럼 같은 종류의 사물에 두루두루 쓰이는 이름을 말해요.
- 고유 명사는 '이순신, 대한민국, 훈민정음'처럼 특정한 사물이나 사람을 다른 것들과 구별해서 부르기 위해 붙인 이름이에요. 그렇다면 '해', '달'은 어떤 명사일까요? 세상에서 단 하나뿐이지만 다른 해, 다른 달과 구별할 필요가 없기 때문에 고유 명사로 묶이지 않아요.

◉ 생각나는 '보통 명사'와 '고유 명사' 다섯 가지를 어휘 주머니에 써 보세요.

풍차가 무너지고 있어!

'쿠구궁!'

갑자기 풍차가 거세게 흔들렸다. 셋은 깜짝 놀라 계단 난간을 잡고 멈춰 섰다.

"풍차가 흔들려! 창밖 안개도 더 짙어졌어!"

달리가 불안한 목소리로 말했다.

산이와 랑이가 창밖을 내다보았다. 달리의 말대로 창밖의 검은 안개가 더욱 짙어지고 있었다. 그리고 풍차 벽에서 돌 부스러기들이 푸스스 떨어져 나왔다.

"풍차가 무너지고 있어!"

랑이가 다급하게 외쳤다.

"랑아, 내 어깨 위로 올라와! 꽉 잡아! 달리야, 달려!"

랑이는 산이의 어깨 위로 폴짝 뛰어올랐다. 셋은 계단을 쏜살같이 달려 내려갔다. 풍차 출구가 가까워졌다. 하지만 밖에서는 바람 소리가 더욱 커지고 있었다. 산이는 입술을 꽉 깨물었다.

"오른쪽 풍차가 돌아가니까 마왕이 검은 안개를 더 짙게 뿜어내고 있어! 마왕 부하들도 풍차로 몰려오고 있어! 어서 왼쪽 풍차로 가서 고유 명사를 붙여야 해!"

랑이가 산이의 어깨 옷깃을 꼭 잡으며 외쳤다.

'쿠구구구구!'

땅이 울리며 풍차가 더 심하게 흔들렸다. 산이와 달리는 계단을 다 달려 내려와서 밖으로 나왔다. 문을 열자마자 거센 흙바람이 온몸을 덮쳤다.

"윽, 바람이!"

산이는 팔로 얼굴을 가리며 버텼다. 하지만 바람이 너무 거셌다.

'구구구구구!'

그 순간, 땅 아래에서 빠르게 흙을 파며 다가오는 무서운 소리가 들렸다.

랑이가 다급하게 외쳤다.

"검은 눈의 두더지야! 어서 왼쪽 풍차로 가야 해!"

"검은 눈의 두더지?"

산이는 숨을 삼켰다. 달리는 얼른 산이의 팔을 잡아끌었다.

"랑아, 여기 가방 안으로 얼른 들어가!"

산이는 랑이를 어깨에서 내려 가방에 넣었다. 산이와 달리는 흙바람에 맞서며 왼쪽 풍차로 힘겹게 발걸음을 옮겼다.

"다 왔어! 어서 들어가자!"

산이가 풍차 문을 밀어서 열자, 둘은 조금 열린 틈새로 몸을 밀어 넣고는 문을 쾅 닫았다. 하지만 왼쪽 풍차도 흔들리고 있었다.

'푸스스, 푸스스'

천장에서 작은 돌 부스러기들이 떨어졌다. 달리가 거친 숨을 몰아쉬며 말했다.

"어서 꼭대기로 가자!"

달리가 앞장서려 하자, 산이가 달리의 팔을 잡으며 말했다.

"달리야, 한 사람만 올라가는 게 낫겠어. 내가 갈 테니 너는 랑이랑 여기서 문을 막아 줘."

달리는 고개를 끄덕였다.

"응, 알겠어. 난 여기서 랑이랑 문을 막을게. 어서 가!"

산이는 계단을 전속력으로 달려 올라갔다.

"헉…… 헉……!"

계단 중간쯤에 이르자 숨이 턱끝까지 차오르고 다리에 힘이 풀렸다. 그때 '퍽!' 하고 산이의 눈앞에서 창문이 산산조각이 났다. 깨진 창문 사이로 검은 안개와 거센 흙바람이 밀려들었다.

산이는 눈을 힘겹게 뜬 채 아래를 내려다보았다. 달리와 랑이가 들썩거리는 문을 등으로 겨우 막고 있었다. 검은 안개와 흙바람이 문을 뚫고 들어오려 했다. 곧 풍차 안이 검은 안개로 가득 차기 시작했다. 산이는 창문 조각을 밟으며 한 걸음 한 걸음 계단을 올라갔다. 드디어 꼭대기에 도착했다. 하지만 꼭대기도 검은 안개로 뒤덮여 아무것도 보이지 않았다.

"으윽!"

검은 안개 속에서 산이는 소파 모서리에 무릎을 부딪쳤다. 오른쪽 풍차와 마찬가지로 여기도 소파와 책상, 의자가 있는 듯했다.

'그렇다면 같은 구조야. 보드판은 책상 왼쪽에 있었어.'

산이는 오른쪽 풍차의 구조를 떠올리며 주위를 더듬었다.

'이거야, 보드판!'

그때였다.

'휘잉, 쿵!'

어디선가 의자가 아래로 떨어졌다.

'찌지직, 콰직!'

소파가 끌리고 벽에 금이 가는 소리도 들렸다. 산이는 입술을 꾹 깨물었다.

'서둘러야 해!'

산이는 입을 꾹 다물며 가방에서 고유 명사 이름표를 꺼냈다.

'한 번에 하나씩!'

산이는 조심조심 보드판에 이름표를 하나씩 붙여 나갔다. 마지막 이름표를 붙이려는 순간이었다.

'휘이이잉!'

거센 바람이 불면서 검은 안개가 이름표 주위로 몰려들었다. 산이는 움켜쥔 마지막 이름표를 바라보았다.

'하나만 붙이면 끝인데…… 빼앗길 수 없어!'

"으아아아아!"

산이는 있는 힘껏 손을 뻗어 마지막 이름표를 보드판에 붙였다.

'부우우웅!'

산이가 마지막 이름표를 붙인 순간, 왼쪽 풍차가 요란한 소리를 내며 돌아가기 시작했다. 양쪽 풍차의 날개가 힘차게 돌아가자 검은 안개가 밀려났다. 풍차 안에 가득 차 있던 검은 안개도 서서히 사라졌다. 깨진 창문 틈으로는 맑은 공기가 들어왔다.

산이는 아래를 내려다보며 힘껏 외쳤다.

"달리야, 랑아! 모두 괜찮아?"

"그럼, 괜찮지! 누구 친군데!"

기쁨에 찬 달리의 목소리가 들려왔다.

산이는 계단을 뛰어 내려갔다. 그리고 달리와 랑이를 꽉 끌어안았다.

"우리가 해냈어! 검은 안개가 물러갔어!"

랑이도 환한 얼굴로 소리쳤다.

"산아, 달리야! 너희는 국어나라를 구한 영웅이야! 멋진 내 친구들!"

셋은 어깨동무를 하고 방방 뛰었다.

마침내 산이와 달리, 랑이가 풍차 문을 열고 나왔다. 밖에는 수많은 명사 요정들이 기다리고 있었다.

"고마워!"

"고마워!"

"너희 덕분에 우리 모두 이름을 찾았어!"

요정들은 하나둘 자신의 이름을 알려 주었다.

"내 이름은 '희망'이야!"

"나는 '아리수'야!"

"내 이름은……."

산이와 달리는 수많은 명사 요정들의 인사를 받으며 함박웃음을 지었다. 그때였다. 명사 요정들 사이에서 작은 새 한 마리가 뛰어나왔다.

"어, 저건 병아리?"

달리가 이렇게 말하며 손가락으로 가리키자 새가 눈살을 살짝 찌푸렸다.

"나는 병아리가 아니다! 나는 아름다운 목을 가진 신수 두루미, 루미 님이시다."

산이가 새를 자세히 보았다.

"그러고 보니 목도 길고 부리도 뾰족하네. 오해해서 미안해. 루미야, 안녕!"

루미는 기분이 풀렸는지 고개를 끄덕였다.

"응, 너는 말이 좀 통하겠군. 명사마을의 검은 안개가 물러가는 걸 보고 찾아왔어. 나는 대명사마을의 신수야. 물가 옆 둥지에서 낮잠을 자고 있는데, 대명사마을이 미로로 변해 버렸어. 우리 대명사마을을 구해 줘."

루미의 말을 들은 달리와 산이가 서로를 바라보며 고개를 끄덕였다. 산이가 목에 힘을 주며 말했다.

"그럼, 이제 대명사마을로 가 볼까? 랑이 너도 같이 갈 거지?"

"새로운 모험에 이 랑이 님이 빠질 순 없지. 모두 어서 가자고!"

랑이도 어깨를 으쓱하며 말했다.

산이, 달리, 랑이, 루미는 명사 요정들의 배웅을 받으며 새로운 모험을 향해 떠났다. 다시 알림창이 떴다. 대명사마을에서는 또 어떤 일들이 펼쳐질지 기대되었다.

> 3단계 성공을 축하합니다.
> 명사마을 정화를 완수했습니다.

- **난간** 사람이 떨어지지 않도록 계단이나 다리 옆에 세우는 막대나 벽을 말해요.

- **모서리** 책상이나 식탁 등의 모가 진 가장자리를 말해요.

- **쏜살같다** 쏜 화살과 같이 매우 빠르다는 뜻이에요.

- **전속력** 낼 수 있는 최대의 속력을 말해요.

- **아리수** 한강의 옛 이름으로 '크고 맑은 물'이라는 뜻이에요.

- **배웅** 떠나는 사람을 따라 나가서 잘 가라고 인사하는 것이에요.

◉ 새로운 모험을 생각하면 떠오르는 단어 다섯 가지를 어휘 주머니에 써 보세요.

국어나라 체언도시
① 명사, 내 이름을 찾아 줘!

초판 1쇄 2025년 3월 30일
초판 2쇄 2025년 8월 18일

지은이 진정
그린이 박종호
펴낸이 정은영
편집 한미경, 노현주
디자인 DesignPark
마케팅 정원식, 정은숙

펴낸곳 주니어마리
출판등록 제2019-000293호
주소 (10542) 경기도 고양시 덕양구 청초로 10 GL메트로시티 A2-1001호
전화 02)336-0729, 0730
팩스 070)7610-2870
홈페이지 www.maribooks.com
이메일 mari@maribooks.com
인쇄 ㈜소문사

ISBN 979-11-94743-00-2 (74810)
　　　979-11-985556-9-4 (세트)

- 이 책은 주니어마리가 저작권자와의 계약에 따라 발행한 것이므로
  본사의 허락 없이는 어떠한 형태나 수단으로도 이용하지 못합니다.
- 잘못된 책은 바꿔 드립니다.
- 가격은 뒤표지에 있습니다.